# AVES AMIGAS

PAT JACOBS

Traducción de
Santiago Ochoa

Crabtree Publishing
crabtreebooks.com

# Crabtree Publishing

crabtreebooks.com 800-387-7650

**Published by Crabtree Publishing Company in 2021**





First published in 2019 by Wayland





**Published in Canada**
**Crabtree Publishing**
616 Welland Avenue
St. Catharines, Ontario
L2M 5V6

**Published in the United States**
**Crabtree Publishing**
347 Fifth Avenue
Suite 1402-145
New York, NY 10016

Author: Pat Jacobs
Editorial director: Kathy Middleton
Editor: Victoria Brooke
Translation to Spanish: Santiago Ochoa
Edition in Spanish: Base Tres
Cover and interior design: Dynamo
Production coordinator & prepress technician: Tammy McGarr
Print coordinator: Katherine Berti

Photographs
Shutterstock: p. 10–11 (bottom)
All other images courtesy of Gettyimages iStock





Hardcover 978-0-7787-8438-8
Paperback 978-0-7787-8463-0
Ebook (pdf) 978-1-4271-2663-4

Printed in Canada/042024/CPC20240412

**Library and Archives Canada Cataloguing in Publication**
Title: Aves amigas / Pat Jacobs ; traducción de Santiago Ochoa.
Other titles: Bird pals. Spanish
Names: Jacobs, Pat, author. | Ochoa, Santiago, translator.
Description: Series statement: Mascotas amigas | Translation of: Bird pals. | Includes bibliographical references and index. | Text in Spanish.
Identifiers: Canadiana (print) 20200292420 | Canadiana (ebook) 20200292439 | ISBN 9780778784388 (hardcover) | ISBN 9780778784630 (softcover) | ISBN 9781427126634 (HTML)
Subjects: LCSH: Cage birds—Juvenile literature. | LCSH: Cage birds—Behavior—Juvenile literature.
Classification: LCC SF461.35 J3318 2021 | DDC j636.6/8—dc23

**Library of Congress Cataloging-in-Publication Data**
Names: Jacobs, Pat, author. | Ochoa, Santiago, translator.
Title: Aves amigas / Pat Jacobs ; traducción de Santiago Ochoa.
Other titles: Bird pals. Spanish
Description: New York : Crabtree Publishing Company, 2021. | Series: Mascotas amigas | Title from cover.
Identifiers: LCCN 2020031624 (print) | LCCN 2020031625 (ebook) | ISBN 9780778784388 (hardcover) | ISBN 9780778784630 (paperback) | ISBN 9781427126634 (ebook)
Subjects: LCSH: Cage birds--Juvenile literature. | Pets--Juvenile literature.
Classification: LCC SF461.35 .J3318 2019 (print) | LCC SF461.35 (ebook) | DDC 636.6/8--dc23

# ÍNDICE

# TU AVE:
## DEL PICO A LA COLA

Los científicos creen que las aves **evolucionaron** a partir de pequeños dinosaurios carnívoros llamados terópodos. Recientemente se encontraron **fósiles** que muestran que algunas de estas criaturas, pertenecientes al período **Cretáceo**, tenían plumas. Así que al conseguir un ave amiga, ¡estás adoptando a un **descendiente** de dinosaurios!

**Alas:** Cuando las alas del ave se mueven hacia abajo, las plumas de vuelo se superponen, empujan el aire y levantan al ave. A medida que las alas se mueven hacia arriba, las plumas se extienden dejando pasar el aire.

**Cera:** La zona carnosa por encima del pico es donde se encuentran las fosas nasales del ave, similar a la nariz de un ser humano.

**Orejas:** Las aves tienen orejas en forma de embudo cubiertas con suaves plumas.

**Ojos:** Para las aves, la vista es el sentido más importante. Las aves que tienen los ojos a los lados de su cabeza pueden ver incluso detrás de ellas.

**Pico:** Las aves no tienen dientes. Recogen la comida con el pico y luego la trituran en una parte especial de su estómago, llamada molleja (ve la página 17).

**Huesos:** Las aves tienen huesos **huecos**. Si tuvieran huesos sólidos, serían demasiado pesadas para volar.

**Cerebro:** Aunque las aves tienen cerebros pequeños, los estudios sugieren que son inteligentes. En algunas pruebas, a un loro le fue mejor que a un niño de tres años.

**Plumas:** Las aves son los únicos animales con plumas. Son usadas para mantener el calor, para el vuelo y el cortejo. Algunas son de colores brillantes o tienen formas especiales.

**Patas:** Las aves percheras tienen cuatro dedos, tres hacia adelante y uno hacia atrás.

**Cola:** Las plumas de la cola son más ligeras y rígidas que las del cuerpo. Las aves usan su cola para despegar, aterrizar y dirigir el vuelo. Algunas abanican sus colas para exhibirlas.

## DATOS SOBRE LAS AVES

- Las aves tienen visión **ultravioleta (UV)** y muchas tienen marcas que **reflejan** la luz UV que son invisibles para los humanos. Por ejemplo, las aves macho y hembra llamadas herrerillos azules lucen iguales para los humanos, pero otras aves pueden distinguirlas porque las plumas de la cabeza de un macho herrerillo azul reflejan la luz UV.
- Se han encontrado más de 9,000 **especies** de aves en todo el mundo, desde las costas congeladas de la Antártida hasta las selvas tropicales.

# LAS MEJORES AVES PARA PRINCIPIANTES

Las aves son mascotas inteligentes y adorables, pero también pueden ser demandantes. Es importante elegir el amigo emplumado más adecuado para tu familia. La mayoría de las aves necesitan horas de atención todos los días, de lo contrario pueden aburrirse y comenzar a destruir muebles o artículos del hogar, chillar o arrancarse las plumas.

Los **pinzones** son voladores veloces que necesitan mucho espacio para hacer ejercicio. Son más felices en pequeños grupos que gorjean todo el día, y es muy divertido verlos.

Los **canarios** son perfectos si no tienes mucho espacio o tiempo. Les gusta vivir solos y son criados por su color, forma y hermoso canto. Los machos son las mejores aves cantoras.

Los **periquitos** (también llamados periquitos australianos) son amigables e inteligentes. Pasa varias horas al día con ellos si quieres que hablen. Son más felices en parejas mixtas o en grupos pequeños.

Las **palomas** son tranquilas, mansas y fáciles de **domesticar**. Necesitan jaulas grandes, con iluminación UV si están en el interior, y mucho tiempo para volar libres. Disfrutan de estar con sus dueños y otras palomas.

Los **loritos** son loros pequeños con grandes personalidades y una mordida poderosa. Son activos, cariñosos y demandantes, así que pasa mucho tiempo con ellos o pueden volverse agresivos.

Las **cacatúas** son mascotas juguetonas y puedes desarrollar un vínculo estrecho con ellas. Estas aves inteligentes y sociables se deprimen si las dejan solas, así que es mejor conseguir un par.

Los **tortolitos** son cariñosos, curiosos y a veces agresivos. Se necesita paciencia para domesticarlos y son aves muy ruidosas. Un macho o una pareja mixta son la mejor opción.

Los **loros conures** son inteligentes y relajados. Los menos ruidosos son los de vientre cimarrón, mejillas verdes, frente de melocotón y cabeza oscura.

## CACATÚAS Y LOROS GRANDES

Puedes estar tentado de conseguir una cacatúa o un loro grande, como un guacamayo, pero no es recomendable. Estas aves pueden vivir de 60 a 90 años y necesitan mucho cuidado y espacio. Si no son felices, pueden arrancarse las plumas, destruir todo lo que esté a su alcance, lastimar a las personas y chillar de manera incontrolable.

# ENCUENTRA A TU MASCOTA PERFECTA

Consigue un ave que haya nacido en **cautiverio**. Está mal sacar criaturas de la naturaleza. Además, las aves salvajes serán difíciles de domesticar y pueden transmitir enfermedades.

Al elegir a tu compañera con alas, lo primero que debes decidir es si quieres una hermosa ave cantora, una compañera tranquila y mansa o una mascota activa y juguetona. ¿Tienes mucho tiempo libre para pasar con tu ave y suficiente espacio para una jaula grande?

¿Quieres charlar?

## NIVEL DE RUIDO

Los canarios, pinzones o palomas pueden ser las mejores mascotas si a ti o a tus vecinos no les gusta el ruido. Los loros más grandes chirrían y chillan, e incluso los periquitos y las cacatúas pueden ser ruidosos a veces.

## AVES PARLANTES

No hay garantía de que un ave hable, pero aquellas en la familia de los loros, como los tortolitos, cacatúas, periquitos, loros y loros conures, a menudo lo hacen. Los machos son más propensos a hablar que las hembras. Algunos periquitos machos son verdaderos parlanchines, ¡con vocabularios de más de 1,000 palabras!

## AVES PARA GENTE OCUPADA

Algunas aves necesitan mucha compañía para no aburrirse o deprimirse. Otras pueden entretenerse la mayor parte del día, especialmente cuando tienen juguetes y compañeros de jaula. Si estás afuera la mayor parte del día, elige canarios, pinzones, periquitos o palomas.

## MASCOTAS DESORDENADAS

Todas las aves tiran comida por ahí, pero algunas son más desordenadas que otras. Las cacatúas ninfa necesitan una dieta especial que hace que dejen excrementos por todas partes. Las cacatúas ninfa y las palomas producen un polvo como el talco cuando se **acicalan**, lo que puede causar reacciones alérgicas en algunas personas.

## ¿CUÁNTO TIEMPO VIVIRÁ TU AMIGA?

Muchas aves viven muchos años:

- Canarios y pinzones: hasta 15 años
- Periquitos: hasta 18 años
- Loros y tortolitos: hasta 20 años
- Palomas: hasta 25 años
- Cacatúas ninfa: hasta 30 años
- Loros conures: hasta 35 años

# PREPARÁNDOTE

Antes de traer a tu nueva ave amiga a casa, asegúrate de tener todo listo para que pueda instalarse de inmediato.

## ELIGE UN LUGAR

La jaula de tu ave debe estar en una parte transitada de tu casa para que tenga mucha compañía, pero nunca en la cocina. Los vapores de la cocina e incluso los productos de limpieza pueden ser mortales para las aves. Tu ave se sentirá más segura si su jaula está contra una pared donde tenga una buena vista de la habitación, así no se asustará por el movimiento de las personas. Debe estar protegida de la luz solar directa y del aire frío.

## COMER Y BEBER

Los comederos de alimento y agua que se colocan a un lado de la jaula son una buena opción para las aves más pequeñas, y también reducen el desorden y los residuos. Los tazones que se fijan a un lado de la jaula son mejores para los loros, ya que se sabe que estas aves traviesas tiran tazones por ahí, y derraman la comida y el agua.
También recuerda abastecerte de comida para tu mascota. Al principio es mejor seguir la dieta a la que tu ave está acostumbrada, ¡y no te olvides de comprar algunos premios!

# LA MASCOTA HABLA

Los pinzones preferimos una vida tranquila, ¡no como esos loros ruidosos! Somos más felices en una habitación más tranquila, como un dormitorio.

## AMUEBLA LA NUEVA CASA DE TU MASCOTA

Las perchas le dan a tu ave un lugar para sentarse y pasar la noche. Una percha del tamaño equivocado puede lastimar las patas del ave. Sus uñas deberían cubrir un poco más de la mitad. Las perchas de madera natural son esenciales, mientras que las de cuerda suave, de diferentes tamaños, ayudarán a ejercitar las patas de tu ave.

## JUGUETES

A las aves les gusta mantenerse ocupadas, así que jugar es un buen ejercicio cuando no pueden volar. Los juguetes ayudan a evitar el aburrimiento y a las aves les encanta picotear y masticar, lo que mantiene sus picos en buen estado. Se cansarán de los mismos juguetes, así que cámbialos con frecuencia.

# ¡BIENVENIDA A CASA!

Lleva a tu ave a casa en un momento tranquilo cuando pueda instalarse en paz. Transporta a tu nueva mascota en una caja segura que tenga agujeros de ventilación y una toalla en el fondo para evitar que tu mascota resbale. Cubre la caja con un paño para que esté oscura y le dé tranquilidad a tu ave. No pongas a tu mascota en el maletero del auto porque los gases del escape pueden ser mortales.

## ESTABLECE UNA RUTINA

Probablemente al principio querrás consentir a tu nueva amiga emplumada, pero las aves tienen buena memoria. No entenderán si de repente reciben menos atención y menos regalos después de los primeros días en su nuevo hogar. Así que establece una rutina de juego y golosinas a la que tu ave amiga se pueda acostumbrar. Este es el momento en que necesitas crear un vínculo especial con tu nueva mascota.

## INSTALÁNDOSE

Pon a tu ave directo en la jaula y deja que se acostumbre a su nuevo hogar por un par de semanas antes de tratar de agarrarla. Mientras tanto, charla suavemente con tu mascota, cambia discretamente el forro de la jaula y rellena la comida y el agua para que pueda conocerte poco a poco.

Asegúrate de que las perchas no estén encima de los platos de la comida o del agua. ¡No querrás que tu mascota ensucie su comida!

## CASA A PRUEBA DE AVES

Mientras tu nueva ave amiga se instala en su nueva jaula, puedes aprovechar el tiempo para hacer que tu casa sea a prueba de aves. Ellas exploran con sus picos y picotean cualquier cosa, así que es el momento de retirar, cubrir o eliminar cualquier peligro, ¡incluyendo cables eléctricos, acuarios, objetos rompibles, productos químicos domésticos y a otras mascotas!

## LA MASCOTA HABLA

Soy muy buena para encontrar formas de escapar, así que por favor asegúrate de que la puerta de mi jaula tenga un candado.

## LA SEGURIDAD PRIMERO

Nunca dejes un ave suelta y sin vigilancia, especialmente con un niño pequeño u otra mascota. Las aves no deben dejarse en la cocina o en el baño porque hay muchas cosas allí que podrían lastimarlas. Antes de dejar salir al ave de la jaula, asegúrate de que no pueda escapar de tu casa. Coloca una nota en la puerta para que otros miembros de tu familia sepan que tu mascota está suelta. Apaga los ventiladores de techo y cubre las ventanas y espejos, pues tu ave podría tratar de escapar a través de ellos.

# COMPORTAMIENTO DE LAS AVES

Aunque la vida de tu mascota puede ser muy diferente a la de un ave salvaje, seguirá teniendo los mismos **instintos**. Comprender cómo se comportan las aves silvestres te ayudará a saber si tu mascota actúa de forma extraña o si solo está siendo un ave normal.

## ACICALAMIENTO

Las plumas son vitales para la supervivencia de un ave, por lo que pasan horas acicalándolas con el pico. Además de eliminar el polvo y los **parásitos**, el acicalamiento esparce aceite a través de las plumas y quiebra los **plumones** junto a la piel para crear polvo. Esta mezcla de aceite y polvo impermeabiliza las plumas del ave. A veces las aves se acicalan entre ellas para mostrar afecto o confianza. Si tu ave deja de acicalarse, puede estar enferma o deprimida.

## PICOTAZOS

Las aves jóvenes a menudo picotean a su dueño porque están en la etapa en que exploran todo con sus picos. Pero a medida que un ave se hace mayor, los picotazos pueden ser dolorosos. Intenta no gritar porque tu mascota disfrutará de tu reacción, como si estuviera mordiendo un juguete chirriante. En lugar de eso, suéltala o métela en su jaula y aléjate. Una vez que el ave comprenda que el acto de morder no se ve recompensado con tu atención, debería dejar de hacerlo.

# ARRANCARSE LAS PLUMAS

Las aves enjauladas a veces se arrancan las plumas. Las enfermedades o los parásitos pueden ser la causa, así que si tu mascota se está desplumando, llévala al veterinario. El aburrimiento, el estrés o una dieta deficiente también pueden ser razones para arrancarse las plumas, así que presta atención a tu mascota, cambia sus juguetes con frecuencia, dale alimentos interesantes y asegúrate de que no la molesten otras mascotas o el ruido. La soledad también puede ser un problema, así que si no deja de desplumarse, ¡búscale un compañero!

# ANIDANDO

En primavera, el instinto les dice a las aves que encuentren pareja y produzcan crías. Las hembras pueden poner huevos aunque vivan solas y los machos pueden empezar a recolectar materiales para el nido. Anidar y sentarse sobre los huevos puede hacer que las aves se vuelvan **territoriales** y agresivas. Si esto ocurre, intenta reducir la cantidad de luz que recibe tu ave a menos de 12 horas al día.

# SEÑALES DE AFECTO

Las aves silvestres alimentan a sus polluelos (y muestran afecto) regurgitando o llevando comida y dejándola caer en la boca de la otra ave. Las aves mascotas pueden llevar comida a su persona o juguete favorito. No te disgustes, ¡significa que te quieren! Tu ave también puede acicalarte el pelo para demostrar que le importas.

# HORA DE DORMIR

Una noche de buen sueño es importante para la salud de tu mascota. Las aves salvajes se duermen cuando oscurece y se despiertan al amanecer. Si tu jaula está en un lugar donde la luz está encendida hasta tarde en la noche, cúbrela con un paño o manta y trata de no hacer mucho ruido.

# ALIMENTANDO A TU AMIGA EMPLUMADA

Averigua qué comía tu nueva mascota antes de llevarla a casa, y cíñete a lo que esté acostumbrada mientras se instala. Si quieres cambiar la dieta de tu ave, hazlo lentamente, añadiendo nuevos alimentos poco a poco.

## UNA DIETA BÁSICA

Hay mezclas especiales de semillas que puedes comprar para asegurarte de que tu ave reciba los **nutrientes** que necesita. No le des demasiados alimentos de una sola vez. Los arrojará y elegirá las semillas que más le gusten, ¡normalmente son las que más engordan! Retira todo el alimento que no se haya comido al final del día.

## GOLOSINAS FRESCAS

Las frutas y vegetales son importantes para la salud de un ave. Los vegetales de hojas verdes, las zanahorias, los guisantes, el brócoli, los frijoles, los pimientos, el maíz y la fruta son buenas adiciones a la dieta de tu mascota. Retira siempre las semillas de manzana y de pera, ya que son venenosas para las aves. Evita darle aguacate, cebolla, ruibarbo y champiñones, y espinaca en exceso. Elimina las sobras diariamente.

# DALE UN BUEN EJEMPLO

Al igual que los humanos, las aves pueden mostrarse desconfiadas frente a nuevos alimentos. En la naturaleza, suelen copiar lo que otras aves comen, así que si quieres que tu ave pruebe algo nuevo, como un trozo de zanahoria o un arándano, ¡deja que te vea comiéndolo primero!

# LA MASCOTA HABLA

*A veces disfruto de un puré de huevo duro o de unas cuantas lombrices como algo especial.*

El hueso de sepia es el caparazón interno de una sepia. Poner uno en la jaula de tu ave es una buena manera de aumentar el calcio en su dieta. Picarlo y morderlo es un buen ejercicio para la mandíbula de tu mascota, y le ayuda a mantener su pico recortado.

# ARENILLA DE AVES

Las aves silvestres a menudo tragan arenilla, piedra molida o arena, para ayudarse a triturar la comida. La arenilla termina en una parte musculosa de su estómago, llamada molleja, donde las cáscaras de las semillas se desgastan y así pueden digerirlas en su interior. La mayoría de las aves mascotas retiran las semillas de las cáscaras antes de comerlas, por lo que no necesitan arenilla. Solo las palomas necesitan arenilla porque tragan las semillas enteras.

# CUIDANDO A TU MASCOTA

Es genial que te diviertas con tu ave amiga, pero tener una mascota conlleva responsabilidades. Estas tareas regulares te ayudarán a mantener sana y salva a tu amiga emplumada.

## LIMPIEZA DE LA JAULA

Una jaula sucia puede causar problemas de salud a tu mascota (¡y oler muy mal!), así que asegúrate de mantener la jaula limpia.

**Cada día**

- cambia el revestimiento del suelo
- limpia los recipientes de comida y agua
- limpia las barras, perchas y juguetes

**Cada semana**

- lava la bandeja del suelo o la rejilla
- remoja y frota las perchas
- limpia y cambia los juguetes

**Cada mes**

- frota, enjuaga y seca toda la jaula

**¡Consejo superior!** Una segunda jaula más pequeña es un hogar temporal seguro para tu mascota y es útil para llevarla al veterinario.

## CORTE DE UÑAS

Las aves mascotas necesitan que les corten las uñas con regularidad. Antes de cortarlas, busca una toalla, un cortaúñas, toallas de papel, **polvo estíptico** ¡y un asistente!

- Envuelve al ave en la toalla, y háblale con suavidad y delicadeza.
- Pídele a tu asistente que sostenga el ave con suavidad mientras cortas la punta afilada y puntiaguda de la uña. Si cortas muy arriba, la vena que atraviesa la garra sangrará. Si esto sucede, limpia la sangre con una toalla de papel y sumerge la herida en polvo estíptico. Luego, observa a tu ave para asegurarte de que la hemorragia se ha detenido.
- Dale un premio a tu ave cuando hayas terminado.

## RECORTE DE ALAS

Algunos propietarios de aves cortan las alas de sus mascotas, mientras que otros piensan que es antinatural y poco amable. Si se hace correctamente, recortar las plumas de las alas de un ave no le impide volar, sino que hace que lo haga con mayor lentitud. Esto puede significar que tu mascota se meta en menos líos y se le permita salir de su jaula más a menudo. Además, el recorte puede evitar que se lastime en una habitación llena de gente. El recorte nunca debe hacerse antes de que el ave haya aprendido a volar. Si decides que el recorte de las alas es adecuado para tu ave, pídele a un experto o a un veterinario que te muestre cómo debes hacerlo. Al igual que cortar las uñas, el recorte de las alas no duele a menos de que se corte demasiado.

## HORA DE JUGAR

Deja que tu ave salga de su jaula durante unas horas cada día, para que pueda estirar sus alas y explorar. Las excepciones son los canarios y los pinzones. Estas aves son más difíciles de domesticar y es posible que no puedas volver a meterlas en la jaula. Estas aves necesitan hogares espaciosos.

# SALUD Y SEGURIDAD

Las aves son buenas para ocultar las señales de enfermedad porque tienen muchos **depredadores** que atacarían a un ave débil o enferma. Por esta razón, es importante conocer el comportamiento normal de tu ave para poder detectar las señales de que algo está mal antes de que sea demasiado tarde.

## PELIGROS EN EL HOGAR

Las aves son muy sensibles a los productos químicos que son comunes en nuestros hogares. Estos incluyen los vapores de las cacerolas antiadherentes, los aerosoles contra insectos, el cloro, los limpiadores domésticos, los aerosoles para el cuerpo, el esmalte de uñas, el tinte para el cabello, las velas aromáticas, los ambientadores y todas las formas de humo. En general, es mejor evitar todos los aerosoles alrededor de tu ave.

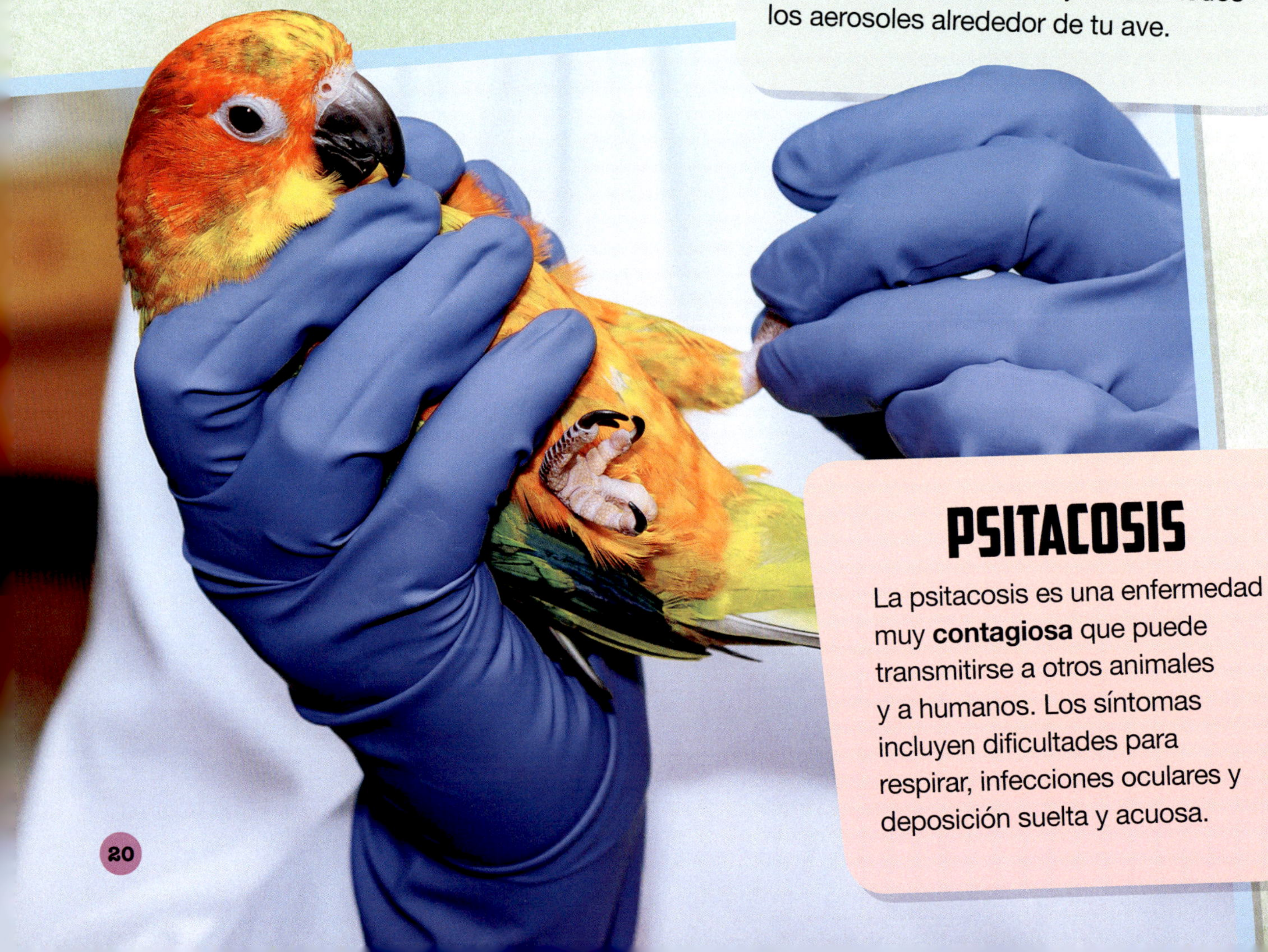

## PSITACOSIS

La psitacosis es una enfermedad muy **contagiosa** que puede transmitirse a otros animales y a humanos. Los síntomas incluyen dificultades para respirar, infecciones oculares y deposición suelta y acuosa.

## ÁCAROS

Los **ácaros** excavan en la piel de un ave y se alimentan de su sangre. Están activos por la noche, así que ten cuidado si notas inquieta a tu mascota. Daños en las plumas o costras en las patas o en la cara de tu ave son señales de ácaros. Con una linterna y una lupa, comprueba por la noche si hay pequeñas manchas negras o rojas moviéndose en la cabeza o en las patas de tu ave. Compra un aerosol anti ácaros con tu veterinario o en una tienda de mascotas.

## SEÑALES DE ENFERMEDAD

Si tu ave muestra alguno de los síntomas que se indican a continuación, debes llevarla al veterinario.

- Sentarse en el fondo de la jaula con las alas caídas, jadeando y moviendo la cola.
- Plumas arrugadas que no han sido acicaladas.
- Nariz u ojos rojos o llorosos.
- Un cambio en sus excrementos.
- Dificultad para respirar.
- Pérdida de peso.

## LUZ ULTRAVIOLETA

Al igual que los humanos, las aves necesitan la luz ultravioleta del sol para producir vitamina D. La luz UV no puede atravesar el cristal, por lo que las aves que pasan todo el tiempo en el interior carecen de esta vitamina esencial. Los expertos en aves piensan que instalar una lámpara especial UV para aves podría curar muchos problemas de salud, incluyendo el hecho de arrancarse las plumas.

# ENTENDIENDO A TU AVE

Las aves no siempre se pueden ver entre sí, así que el sonido es la mejor manera de mantenerse en contacto. Cuando están más cerca unas de otras, las aves también utilizan el lenguaje corporal para transmitir mensajes.

## HACIENDO UN SONIDO

Las aves silvestres utilizan sus voces para transmitir información a las demás, como por ejemplo, para comunicarse con otros miembros de la bandada cuando buscan comida o viajan, para advertir que hay un depredador cerca, o para que otras aves sepan dónde se están instalando para pasar la noche. Al amanecer, los machos usan el poder de sus cantos para mostrar su salud y fuerza, para atraer a sus parejas y defender sus territorios. Así que, si buscas un ave que cante o hable, lo mejor es un macho.

## EL LENGUAJE CORPORAL DEL AVE

Si entiendes las acciones de tu ave, puedes juzgar su estado de ánimo y evitar una mordedura dolorosa. Aquí hay algunas señales comunes que debes tener en cuenta.

- **Paralizarse**
  Un ave asustada puede paralizarse repentinamente. Esta es una defensa contra los depredadores, quienes tal vez no puedan notar un ave inmóvil.
- **Caminar rápidamente de un lado a otro**
  Esto significa que el ave está excitada. ¡A menudo lo hacen cuando se alegran de verte!
- **Dilatación en los ojos**
  Los loros son capaces de hacer que sus **pupilas** sean más grandes o más pequeñas cuando quieren. Esto significa que están emocionadas, pero si sacuden las plumas o abren la cola en abanico de repente, podrían estar enojadas, ¡así que aléjate!

## PISTAS DE LA CRESTA

Si la cresta de una cacatúa, o el grupo de plumas en la parte superior de su cabeza, se mantienen con solo la punta hacia arriba, significa que el ave está feliz y relajada. Si la cresta está levantada, significa que el ave está excitada, pero si la cresta se mantiene muy alta, podría significar que está asustada. Una cresta aplastada significa que la cacatúa no está feliz o, si el ave está agachada y siseando, es porque se siente agresiva y debes dejarla en paz.

## LA MASCOTA HABLA

No puedo alcanzar la parte superior de mi cabeza, así que si me acerco a ti con la cabeza inclinada y estirada hacia adelante, por favor, ráscame ahí.

- **Menear la cola o dar vueltas**
  Es un signo de felicidad, como un perro que menea la cola.
- **Rechinar el pico**
  Muchas aves rechinan sus picos mientras se duermen.
- **Inclinar la cabeza**
  Cuando un ave inclina la cabeza, suele estar curiosa y quiere tener una mejor vista.
- **Gruñidos o siseos**
  Es una clara advertencia de que el ave quiere que la dejen en paz, sobre todo si mira fijamente y tiene las plumas del cuello levantadas. Cuando esto suceda, es mejor alejarte y darle a tu compañera un poco de espacio.

# ENTRENAR Y DOMAR

Dale a tu ave al menos dos semanas para que se instale antes de que empieces a manipularla. Pocos canarios y pinzones disfrutan de ser manipulados, pero pueden posarse en tus dedos si tienes una buena relación con ellos. El primer paso es que tu ave se acostumbre a tu mano. Pon tu mano dentro de la jaula con una golosina en la palma para ver si el ave la toma. Una vez que tu amiga emplumada asocie tu mano con una golosina, puedes enseñarle a «dar un paso arriba».

## UN PASO ARRIBA

Esta es la primera orden que un ave necesita aprender. Abre la puerta de la jaula y coloca una golosina en la palma de tu mano, diciendo la palabra «sube» cada vez que hagas esto. Cuando tu ave esté acostumbrada a ir a la puerta y tomar la golosina, pon tu mano frente a la puerta con la palma hacia afuera de la jaula. Sostén la golosina con tu otra mano, así tu ave tendrá que posarse en un costado de tu dedo índice para conseguirla. El siguiente paso es ser capaz de mover tu mano con tu ave en ella.

## UN PASO ABAJO

Esto es lo opuesto a «subir», y lo usas cuando regresas tu ave a su jaula o percha. Coloca la mano que sostiene al ave donde quieres que vaya tu mascota. Anima a tu mascota a bajar, diciendo «baja». Dale a tu ave una golosina y ráscale la cabeza cuando haga lo que le pidas para que asocie el regreso a su jaula con algo agradable.

## IMPORTANTE

Cada vez que abras la puerta de la jaula, hay una posibilidad de que tu mascota pueda escapar, así que asegúrate de que la habitación sea a prueba de aves.

## APRENDIENDO A HABLAR

Los miembros de la familia de los loros, como los periquitos, loros, tortolitos, loros conures y cacatúas, pueden aprender a hablar, pero no todas las aves lo harán. Algunas aves imitarán ruidos, como el teléfono o el timbre de la puerta. Es más probable que hablen los machos que las hembras. Empieza por tratar de enseñar a tu ave algunas palabras simples como su nombre, «hola», «adiós» o «buenas noches». Aunque un ave no pueda hablar, a menudo entenderá lo que dices y obedecerá órdenes simples.

## LA MASCOTA HABLA

A veces estoy ocupada haciendo algo más, o simplemente descansando, así que por favor déjame en paz si no hago lo que me pides.

# DIVERSIÓN Y JUEGOS

La mayoría de los miembros de la familia de los loros son criaturas amantes de la diversión, y disfrutan de juegos como el «tráelo», el «cucú» y el baloncesto en miniatura para aves. Puede ser más difícil mantenerlas entretenidas cuando están en la jaula, así que estas son algunas ideas.

## CÓMO ENTRETENER A TU AVE

### DIVERSIÓN CON ALIMENTOS

Las aves tienen que buscar su comida en la naturaleza, así que construye algunos juguetes de búsqueda para mantenerlas ocupadas cuando estén en la jaula. Corta en trozos el tubo de cartón de un rollo de papel y esconde algunas golosinas adentro, luego dobla los extremos. Si tu mascota lo deshace con mucha facilidad, ata una cuerda alrededor del tubo (pero no uses cinta adhesiva). Enhebra una variedad de frutas y vegetales lavadas en un hilo y cuélgalas de la parte superior de la jaula para que tu mascota las picoteé. Incluye zanahoria, manzana (sin semillas), brócoli, fresa, rábano, uva o pimienta.

### SUPER TRITURADORES

A los miembros de la familia de los loros les encanta meter sus picos en cosas y hacerlas pedazos. Cuelga algunos envases de cartón o rollos de papel en la jaula. Es mejor evitar el papel o el cartón impreso porque las tintas contienen químicos. Asegúrate de que no haya grapas, cinta adhesiva o parches de pegamento que puedan lastimar a tu ave.

# LA MASCOTA HABLA

¡Me gustan los juguetes! Pero por favor no me des un espejo. Pensaré que hay otra ave en la jaula y no cantaré tanto.

## HAZ UN COLUMPIO

Haz un columpio para tu ave usando un aro de madera de una tienda de manualidades. Utiliza un cordón de cuero, cuerda o cadena para fijarlo en la parte superior de la jaula y añade una campana en la parte inferior para que el ave se divierta aún más.

## PERCHAS NATURALES

Todas las aves disfrutan de un poco de madera natural en su jaula, ya sea como perchas o simplemente para roer, pero muchas maderas comunes son venenosas para las aves domésticas. Estas son algunas maderas conocidas por ser seguras: manzano, fresno, haya, manzano silvestre, avellana, peral y sicomoro. Evita los árboles que puedan haber sido rociados con productos químicos. Lava las ramas con un desinfectante especial para aves y enjuágalas bien. Pide ayuda a un adulto y cocina las ramas en un horno caliente durante aproximadamente una hora para matar cualquier insecto o huevos de insectos. Asegúrate de que las ramas estén frías antes de meterlas en la jaula.

## HORA DEL HOGAR

Una jaula debería ser un hogar para tu mascota, no una prisión, así que tu ave amiga debería estar feliz de volver allí después de unas horas de libertad. Asegúrate de que tu mascota tenga hambre, y antes de que regrese, pon un poco de su comida favorita en la jaula. Es útil tener una señal para invitarla a volver, como dar unos golpecitos a la jaula o hacer sonar una campana.

# CUESTIONARIO SOBRE AVES

¿Cuánto sabes de tu amigo emplumado? Haz este test para averiguarlo.

**1** **¿Qué es la cera de un ave?**

**a.** El área sobre su pico que incluye las fosas nasales
**b.** Un órgano que tritura la comida
**c.** Una parte de la cola

**2** **¿A qué aves les gusta vivir solas?**

**a.** Palomas
**b.** Periquitos
**c.** Canarios

**3** **¿Qué aves son más propensas a hablar?**

**a.** Las hembras
**b.** Los machos
**c.** No hay diferencia

**4** ¿Cuál de estas aves vive más tiempo?

a. Pinzones
b. Conures
c. Palomas

**5** ¿Cuál de estos alimentos no es adecuado para las aves?

a. Aguacate
b. Ruibarbo
c. Ambos

**6** ¿Cuál es una buena fuente de calcio para tu ave?

a. Hueso de sepia
b. Zanahoria
c. Champiñón

**7** ¿Con qué frecuencia debes cambiar el revestimiento del suelo de la jaula de tu mascota?

a. Cada semana
b. Todos los días
c. Cada mes

**8** ¿Cuál podría ser la causa de que tu ave comience a sentirse inquieta por la noche?

a. Puede tener ácaros
b. Está aburrida
c. La habitación es demasiado ruidosa

**9** ¿Qué significa que un ave dilate sus ojos?

a. Está observando su reflejo en un espejo
b. Está mirando a su dueño directamente a los ojos
c. Está haciendo que las pupilas de sus ojos sean más grandes y luego más pequeñas

**10** ¿Qué significa que un ave camine rápidamente de un lado a otro?

a. Está asustada
b. Está excitada
c. Le duelen las patas

# RESPUESTAS DEL CUESTIONARIO

**1** **¿Qué es la cera de un ave?**

**a.** El área sobre su pico que incluye las fosas nasales

**2** **¿A qué aves les gusta vivir solas?**

**c.** A los canarios

**3** **¿Qué aves son más propensas a hablar?**

**b.** Los machos

**4** **¿Cuál de estas aves vive más tiempo?**

**b.** Loros conures

**5** **¿Cuál de estos alimentos no es adecuado para las aves?**

**c.** Ambos

**6** **¿Cuál es una buena fuente de calcio para tu ave?**

**a.** Hueso de sepia

**7** **¿Con qué frecuencia debes cambiar el revestimiento del suelo de la jaula de tu mascota?**

**b.** Todos los días

**8** **¿Cuál podría ser la causa de que tu ave comience a sentirse inquieta por la noche?**

**a.** Podría tener ácaros

**9** **¿Qué significa que un ave dilate sus ojos?**

**c.** Está haciendo que las pupilas de sus ojos sean más grandes y luego más pequeñas

**10** **¿Qué significa que un ave camine rápidamente de un lado a otro?**

**b.** Está excitada

# APRENDE MÁS

## LIBROS

Kalman, Bobbie and Kathryn Smithyman. *The Life Cycle of a Bird.* Crabtree Publishing, 2002.

MacAulay, Kelley and Bobbie Kalman. *Parakeets.* Crabtree Publishing, 2005.

Morgan, Sally. *Birds (Pets Plus)*. Smart Apple Media, 2012.

Titmus, Dawn. *Birds (Cool Pets for Kids)*. PowerKids Press, 2018.

# GLOSARIO

**ácaros:** bichos pequeños relacionados con las arañas

**acicalan:** que limpian y enderezan las plumas

**cautiverio:** estar confinado en un área, no ser libre de vagar

**contagiosa:** una enfermedad que se propaga fácilmente

**Cretáceo:** el período de 145 a 66 millones de años atrás, cuando la mayoría de los dinosaurios estaban vivos

**depredadores:** animales que cazan otras criaturas

**descendiente:** relación de persona o animal con quien le precede

**domesticar:** entrenar a un ser vivo para que sea amigable y amable

**especies:** un grupo de organismos estrechamente relacionados

**evolucionaron:** que se desarrollaron lentamente o cambiaron a lo largo de generaciones

**fósiles:** restos de un animal o planta que vivió hace mucho tiempo

**huecos:** que están vacíos por dentro

**instintos:** patrones naturales de comportamiento

**nutrientes:** sustancias de los alimentos que ayudan a los seres vivos a crecer y mantenerse sanos

**parásitos:** animales que viven en otra criatura y se alimentan de ella, normalmente chupando su sangre

**plumones:** plumas suaves y esponjosas que mantienen el calor del ave

**polvo estíptico:** polvo que detiene la hemorragia sellando la vena herida

**pupilas:** las partes negras de los ojos

**reflejan:** que devuelven la luz o el sonido

**territoriales:** la forma en que un ave se comporta cuando defiende su sitio de anidación

**ultravioleta (UV):** la parte de la luz solar que es invisible para los humanos, pero visible para las aves

# ÍNDICE ANALÍTICO